自言自语

刘其文 著

河南文艺出版社
·郑州·

自　序

我习惯自言自语。一是自己说自己听，不关别人的事，少惹麻烦；二是心里怎么想就怎么说，有什么说什么，自由自在，对错都是自己的。

结集《自言自语》是要留点念想。有恩、有爱、有情的人之间都有念想；前人有念想，后人对前人也有念想。《自言自语》算是我的一丝念想吧。

目　录

第一辑　高山流水

第二辑 世俗之叹

第三辑　心灵一隅

第四辑　圣洁心语

第五辑　艳香心生

第一辑　高山流水

或悬崖瀑布奔泻而下，或山间涓流汇聚而出，一路高歌低吟，不为诉说，只为寻觅。

春的足音

背阴处还有残雪点点　已看到
柳梢鹅黄的萌动　已听到
草地里嫩芽的歌声
海棠、玉兰、迎春……
正忙碌新的复兴
东方地平线上的晨韵
展示着热血的鲜红
我知道
万紫千红还有路程
但我看见
古老的土地热气腾腾
九百六十万平方公里
传递出春雷声声

希　望

虽然还很遥远
但已经开始走来
听见了歌唱
看见了飞翔
吹来的风也很豪迈

这是美好的等待
缓缓地走来
一轮红日
一轮皓月
相随是天边的云彩

走来啦,你看吧
希望敞开了胸怀
鲜花盛开
彩霞万朵
曙光照耀着未来

曙光

十月的歌

十月的云
轻轻一声呼唤
太平洋的风
吹得暖暖
从此岸到彼岸
梦一样的宽宽

十月的霞光
染红了伏牛太行
一座座山
太阳月亮
射出光的灿烂
从此岸到彼岸
容纳百川的宽宽

十月的地平线
山岚远远

碧波茫茫

有灯塔的照亮

风光宽宽

日子宽宽

清明的思念

清明的思念
是春的心愿
人间的低语
悠长而静寂
蒙蒙细雨
溅湿哀思缕缕
苍松　翠柏　花环
邀来吴刚嫦娥同祭
感念天地的信仰
民族不变的圣意

清明的思念
是春的心愿
人间的低语
柔情而大义
五千年龙的传人
与黄河长江并肩屹立

祖先　英雄　领袖

一代代为华夏扬眉吐气

历史的回望

深深的记忆

走来的路

投入炉中的煤
终有燃尽的时候
但,忘不了走来的路
沉默过
呼喊过
热烈过
一条走来的路

投入炉中的煤
终有燃尽的时候
但,忘不了走来的路
没有遗产
没有遗憾
没有遗嘱
一条走来的路

空　白

我喜欢在字画间留下空白
恰到好处的空白
无思无念
让心灵在那里沉淀出未来

我喜欢读有省略号的文字
无论散文和诗篇
需要些许空间
让心灵有喘息的平安

我喜欢音乐在高潮戛然而止
天地瞬间地寂静
一片空旷
让心灵净化出真诚

金子和泥土

我不是金子

我是泥土

没有金子高贵的身价和光束

但我有

灰褐的血肉

不散的家族

金子有人崇拜,有人追逐

我愿用身躯铺一条路

通向丰收

通向欢乐

通向幸福

泥土的路

任人踩踏前行

踩出光亮

踩出希望

心灵和脚印

在人生的路上
深一脚浅一脚
总惦记留下的脚印
因为它有眼睛
紧盯着我的背影
能看透我的心灵

遇上坦途花径
一排警钟就在身后长鸣……
穿越沼泽丛林
总有微风擦去汗水泪痕
心中迷惘
左右偏离
一声棒喝会把我惊醒
走近终点真正明白
脚印是自己简化的人生

美丽不用吹嘘

几只乌鸦站在树梢上
向群鸟炫耀羽毛的美丽
四周没有声息

一只凤凰从林中飞来
听到乌鸦的叫喊
动了动尾羽
周围响起了群鸟的歌声
歌词大意：
美丽不用吹嘘

选　择

生活给了白昼
也给了黑夜
给了善良
也给了丑恶
给了甜蜜
也给了苦涩
五味俱全的一条河
在生活里流啊流
时而清澈
时而浑浊
有人得意
有人落魄
有人陶醉欢乐
有人深陷旋涡

我在岁月里徘徊
从日出走到日落

黎明时

我选择一叶无欲小舟顺流漂着

黄昏时

我选择一抹晚霞顺风从河上吹过

渴　望

站在高山之巅
我会大声呼唤
纯净而空旷
任由声音空谷回荡

站在广阔的草原
我会把一颗心献上
报答一望无际的坦荡
任由心意翱翔

站在有的地方
我只能把眼睛闭上
因为那里只有混浊
看不到清凉

站在有的人面前
我只能仰望天空的晴朗

因为不喜欢阴暗

渴望一片阳光

不一样的纪念

在学校的一个端午节，听中文系一位教授讲纪念屈原的故事，久久不忘：

散着甜香的粽子
挂着露珠的艾叶
随炊烟走过
从上一个端午到这一个端午
这一天他选择了拒绝
不吃不喝，让灵魂走向汨罗
他说，唯有这样
才能把时空穿越
让诗人活在心里
感触他的正义和爱国的执着

清明细雨

清明细雨中
加入翠柏和女贞子的队伍
缓缓走向
你沉睡的地方
——纪念英雄的碑
和有字无字的墓碑

清明细雨中
加入布谷和百灵的啼鸣
心底里呼唤
向着黄河,向着坟茔
——默念有名字的你
和无名字的你

永远不老的清明
细雨担当思念的记忆
汇成一条心灵的河

五千年奔流不息

——子子孙孙的传续

载入这古老的土地

茶　道

饮茶成了习惯
不为消渴
不为提神
只为那淡淡的苦涩

生活中无奈的举动
不是喜好
不是随意
是屈从的自嘲

茶一杯杯地喝
生命一天天从杯中走过
人生有多少无奈
犹如茶的苦涩

路

一粒粒沙
一块块石
铺成了一条长长的路
风霜雨雪
寒暑冷热
日月星辰照着
难与不难
有恩无怨

一粒粒沙
一块块石
铺成了一条长长的路
欢乐和痛苦
幸福和灾祸
从这里走过
留下了什么
任人评说

北方

根的断想

有人赞美鲜花烂漫
有人歌颂大地葱绿
我愿为根立说
它深埋泥土无声无息
没有太阳的光环
没有向天空炫耀的资本
但它深知生命所依
因为大地需要果实
人类需要果实的养育

与泥土相守一生
化腐朽为汁液
默默劳作
不分白天黑夜
它的无言向世人宣告：
没有根的生生不息
就没有鲜花烂漫和大地葱绿

我愿加入根的一族

深埋泥土拥抱大地

童　车

家里有一辆小童车
儿子坐在里面长大
我推着它长出了白发

还是那辆小童车
孙子坐在里面长大
儿子推着它长出了白发

一代接一代的小童车
父亲母亲的牵挂
推着人类成长的年华

子子孙孙的小童车
爷爷奶奶的牵挂
推出未来的天下

那间小屋

南城河那间小屋
小得只能让人呼吸
早晨一缕阳光进来
天不黑就悄悄逃离
留下一片寂静
寂静得能听见
她来去的叹息

经历不知多少年头
小屋已在风雨中老去
早晨一缕阳光进来
还是天不黑就逃离
留下一种孤独
孤独在长夜里
与小屋相依

向往

大庙内外

大庙内
有人祭拜
有人等待
大庙外
众人哭笑不得
因为庙里诸神
忘了自己是坑里泥胎

钟声响起的时候
有人沉睡有人醒来
沉睡的在梦里毁灭
醒来的走入又一个时代

明　天

从明天起
只和太阳月亮说话
使阴暗走开
让阳光、温暖还有宽敞组成家庭
安居在心里

从明天起
只和太阳月亮说话
使龌龊走开
让纯洁、透明还有清澈组成家庭
安居在心里

从明天起
只和太阳月亮说话
使虚伪和无聊走开
让真诚、耿直还有坦率组成家庭
安居在心里

四季拾零

春

玉兰在枝头低语
提醒去年的约定
是魂的放飞
黑土地说
已听见生命的畅想曲

夏

雷雨骤起
老爷车被洪水攻陷
路灯把你我同时遗弃
蓦然发现
沦落人有一样的寻觅

秋

万里霜天层林尽染

梦里梦外

五彩斑斓

谁知晓

寻一片红叶的艰难

冬

天寒风且疾

吹散了雪的踪迹

吹断了梦的记忆

枯草却笑

这是天意

光影元素混搭

一

花的绽放只有瞬间的灿烂
鲜艳与光影结合才定格永远
倾心为美树碑立传
却忘了“此事”古难全

二

寂静的夜晚
风儿掀动月亮的秀发
光影在一旁表白
有人抢走了它的爱

三

朦胧的黎明
太阳躲不开身边的云彩
一条曲线飞出天外
光影有了展示的未来

四

遥远的天际
太阳和月亮对话
让黑夜和乌云走开
光影从此没有悲哀

相　遇

寻梦路上和你相遇
抚平旧伤新创
生命在狭缝闪出亮光
热情和畅想
崇拜和渴望
把目光投向远方

风雨路上和你相遇
意志的搀扶
洒下爱的力量
走过电闪雷鸣
穿越雨雾茫茫
不曾犹豫彷徨

登山路上和你相遇
灵魂在云端闪亮
你脚下的震响

喝退了层峦万丈
跨越悬崖险峰
有了新的方向

前方仍和你相遇
期盼一路铺满阳光
蓝天下有云鸟飞翔
路边蒲公英开得金黄
白发相约
直面余生沧桑

和雕像对话

一座美丽的雕像
第一次把心灵烈焰点燃
河的对岸
被鲜花铺满
曾经堤岸被洪水漫过
鲜花在激流中沉落
一万年过去
人们未曾把禹神忘却

你不要说
没人安全渡过
我听到的故事
都是胜利逾越
你不要惊慌
烈焰不是邪念
心中尊严的分量
足以冲破牢笼羁绊

一条没人走过的路
在探索中跨越
失败时与成功相约
梦从河上飞过

夕阳时分说夕阳

远远望着的时候
总觉得那么美丽
心中常常念着
想的全是颂词赞语

走到一起的时候
仍觉美丽
如血般的光辉
一路讲述人生真谛

相向而去的时候
我到尽头
——消失在黑暗里
它为新的开始
——筹划在霞光里
天定的结局

轮　回

童年的记忆里
门前一棵老树
枝繁叶茂
挺拔参天
爷爷说
它是几代人的陪伴

一个春天我已成年
老树却没有长出新芽
鸟儿飞来又去了
阳光苦苦地等待
但再没听到它的唠叨

一个黎明
我在秋的梦里
没有花香鸟啼
听到老树自语
“生死轮回　我要回归原籍”

家的记忆

一

一条石阶小径,连着山里山外;
一处古老山泉,养育世世代代。
是苍天的恩赐,更是山里人的酷爱。

二

村边的一条小溪
绕着田园小寨
流过一代又一代
流入全村人的血脉

三

母亲生前的纺花车和织布机

维持三代人的生计
母亲走了
她机杼前的身影
和摇动纺车的声音
永远留在了我们心里

四

村头那条古道,历经风霜雨雪
最早是窄窄的小径,人们肩挑重担吃力地走过
后来是拓宽的土路,牛拉的木轮车来往碾过
现在的柏油路,机械化不分昼夜地飞驰着

遥望

西藏印象

磕长头

用双臂拥抱大地
虔诚而从容
把目光投向苍穹
坚定而单纯
向着布达拉宫
从今世磕到来生

转经

随着转经筒的旋转
一遍遍把指纹深印
绕着神山神湖
一步步虔诚地叩问
不见尽头的转经路上

涌动着信仰的魂

点亮酥油灯

一盏盏摆满神台
在肃穆中跳动闪亮
走向点燃的队伍
面容凝重而善良
是与佛的对话
目光里有虔诚也有期望

俄罗斯教堂

一

有忏悔也有寻觅
灵魂负重地飞翔
圣爱和罪孽的深处
你要看到宽容发出光亮
在清澈和浑浊间
你要寻到什么？
是上帝指尖的露珠
还是救赎的慈祥

二

有寄托也有崇拜
不变的十字和征服灵魂的神秘
一起从遥远走来

威力　永生
属于奥西里斯的光彩
虔诚　复兴
铸成了雅典娜胸前的佩戴
自耶稣的热血染红
万千基督徒
向着圣父、圣子和圣灵膜拜

三

是祭奠也是祈祷
点燃了烛光
也点燃了虔诚
心灵的圣殿
火苗如血地跳动
无言的相对
有泪珠的晶莹
烛光的神圣
在于它点燃了自己
照亮了基督徒的心灵

在印度

太过沉重的记忆
眼泪、疼痛、哀伤
是阴雨中飘过的叹息

屋檐下不住的哭泣
骨瘦如柴的身躯,衣不蔽体
犹如五百年前的父亲母亲

一片无光的天地
人类的族群在这里被遗弃
阴冷和黑暗里
阳光已窒息

时空在慌乱中痛惜
麻木和野蛮刺伤文明的心
泰戈尔和夏花已经远去

七律・边疆行

少时一梦到暮年
边疆万里抚云天
小憩依身珠峰雪
扶摇轻跃冈底山
大漠余晖擦肩过
神湖空余一缕烟
亦醉亦幻仙境地
回望人在星月间

七律·致书屋老师

心仪之地郑州东
陋室五车有师生
聚离可数温心事
论道不多意真诚
奔来山河万千里
耳边不绝《九歌》声
秋来暑往人易老
墨香在心望春风

七律·北极行

音讯断绝洪荒地
一叶铁甲朔方行
冰雪天地听熊泣
大洋深处看蓝鲸
黎明登岛踏雪去
夜半靠岸寂无声
孤行八千心寥落
幸有光影一片情

蝶恋花·北极行

望尽极地冰川雪，
风似刀割，
更思故乡月。
一壶清茶身边事，
心语几许难忘却。

常时濡沫浑不觉，
别时寥落，
暗暗伤离索。
自古人生多蹉跎，
伤痛最是别离多。

七律·守望

诸芳尽时泪也空
岁岁枯荣望回生
曾是当年东风力
月季花前人年轻
秋来别离朔风急
无奈时短杨柳情
飞花过眼轻轻去
守望人生听晚钟

七律·夜宿稻城

驿馆云涌万里雪
一江直下涛成歌
近看炊烟袅袅起
远山霞光红似火
正赞小城秋色艳
如席雪花从天落
夜饮难忘故乡月
西风如歌梦几多

蝶恋花·故乡中秋月

月到故乡秋正半，
万里云天。
往事多思念。
荷花有意人无语，
无奈苦饮丛林边。

星落酒消意仍寒，
长夜漫漫，
冷月照无眠。
默忆一曲宫墙柳，
品味人世几冷暖。

卜算子·致友人

昨夜风雨骤,又使百花愁,
不识湖岸一片柳,误入草间路。

明知飞花轻,偏要一梦成,
红尘难舍人不醒,归来一场空。

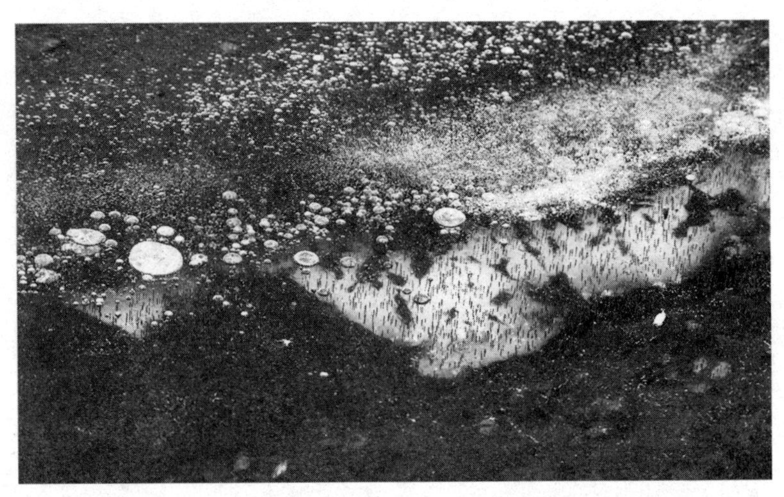

地球泪

七律·物是人非

华盖霓裳旧时门
一元复始又迎新
去年京曲东北女
艺压群芳人稚嫩
不知世间风霜寒
冷雨凄风苦争春
可怜追梦辛酸泪
心愿未尝看新坟

第二辑　世俗之叹

不知从何时起,人被分为高贵和卑贱,但我属另类,习惯站在卑贱者身后用仰望的目光向他们致敬。

田　垄

在故乡的冬日里
我看到农夫的耕耘
黝黑的田垄
如诗人浅浅的诗行
随着锄犁走向远方
梦的种子播下
心中有了牵挂
碧绿和金黄
铺满田园村庄

在故乡的春日里
我看到农夫的耕耘
麦苗掩隐的田垄
如诗人浅浅的诗行
拽着风的衣角走向远方
梦长出了翅膀
艳阳温暖着希望

碧绿和金黄
铺满田园村庄

在故乡的夏日里
我看到农夫的耕耘
消瘦的田垄
如诗人浅浅的诗行
乘着麦浪走向远方
去听荷的歌唱
去看燕的繁忙
碧绿和金黄
铺满田园村庄

在故乡的秋日里
我看到农夫的耕耘
累不垮的田垄
如诗人浅浅的诗行
牵着收获走向远方
年年季季
生生守望
碧绿和金黄
铺满田园村庄

大地之子

大海遗梦

你匆匆远去
把梦遗忘在大海边
明月升起
沙滩上的脚印
重复往日的故事
海风吹来
全是当年的记忆

是谁手捧鲜花
把未来描绘
是谁堆沙塑人
把魂带进梦里
不倦的潮汐
没有忘记
依然有节奏地来来去去

不老的海浪

没有忘记

涛声应时向岸上致意

然而

一转身

你却留下一怀愁绪

浅浅的海峡

依旧长歌悲曲

遗梦的海边

是你存放灵魂的土地

追求

中国考古人

一

用一生找寻一部大书
——早期的中国
祖宗留下些许线索
和《史记》有点重合
比《史记》遥远很多
和二十四史有相同基因
元素比二十四史更广阔
五千年华夏文明
坚信不是传说
认准了地下那一半
用生命去发掘

二

用一生谱写一首赞歌
——早期的中国
为了祖先不失落
五千年的每个音符
不间断不分割
一串音阶有序排列
青铜大鼎甲骨辞说
泥罐彩陶钻木取火
一曲高过一曲
都是考古人的苦乐
有泪也有血

三

为了一个承诺
一生结缘田园荒漠
在认准的路上
千难万苦不愿说
小铁铲伴着一手老茧

走过一年年风霜雨雪
汗水耗尽了青春
艰辛催生了白发
岁月从仰韶二里头走过
中国考古人撰写着
华夏文明的巨著长歌

城市建筑工

每当黎明
你把身影映在霞光的天空
脚手架和长臂塔
画着新的几何图形
搅拌机的轰鸣
托起高楼一层层
一幅幅图画在你手中完成
落款却未见你的姓名

每当黎明
你把身影映在霞光的天空
天空下是一群群陌生人
万家灯火你不在其中
新的园区旁
是一片旧帐篷
我仰望着天空寻你
是一个背影和一座新城

心中有歌

怀念老环卫

说你为城市美容
这话眼力太低
起码知道
没有你托举起蓝天白云
城市哪有健康的繁衍生息

洒水　喷雾　清扫　巡检
三百六十五个日子
循环往复
为了天空大地
为了城市人的清洁呼吸
你把疾病危险留给自己

黎明　黄昏　风雨　霜雪
摇铃拉车
一户挨一户
收走生活的遗弃

留下安全的心意
你的路段,你的时点
成了你基因里不会丢失的记忆

一年　十年　二十年　五十年
你在这城里走完了一生的路
环卫二字深印在年华里
最后见到你
一个环卫休息房里
矮凳上
一碟咸菜和一碗自带的白米

马街艺人

马街的初春
细雨飘飘洒洒
一个有梦的日子
钟情雾霭轻纱
坠子、鼓词、三弦
满面沧桑
古朴成画
三轮、摩托、木车
载着艺人全家
安静的老街小巷
变成书声弦音的天下

七百年前的马街人家
草屋篱墙
托着岁月修炼升华
石块撞击的高声低音
是原始的“哆咪咪发”

劳作中有节奏的倾诉
是脱胎远祖的嫩芽
历经风和雨
熬过冬和夏
不离不弃地爱着
血脉传承的世家

背山工

在你的肩上
是生长的山峰
在山的肩上
是你走过的人生
在你的脚下
路向高处攀登
在山的脚下
仰望你的背影

脊梁

守荷老人

深秋

人们要从泥土里取走莲藕

守荷老人一阵惋惜

怀念曾经芳菲的花季

黄昏

陪伴最后溅落的一丝花蕊

守荷老人没有叹息

与花季一同走进夕阳里

岁　月

泪水浸泡你身后的岁月
汗水湿透你脚下的土地
苦寒的日子
让你灵魂清澈如溪

生活压弯你的脊梁
老茧结满你的手掌
最底层的日子
让你心灵一片阳光

岁月

一道风景

站在松软的土地上
你把身影写在天空
太阳和大山亲吻
彩霞画出一道风景
汗水的不停唠叨
惊醒泥土中的生命

阳　光

你把烦恼甩给阳光
因为阳光对谁都是微笑
你把痛苦扔给大地
因为大地什么都能承受
你把欢乐留给劳作
因为劳作属于自己

一代接一代

很早以前
爷爷拖着这张网
走过这片沙滩
压在肩上的
是缴不完的租税和全家人的生计
一场台风刮过
再没有爷爷的消息

三十年前
父亲拖着这张网
走过这片沙滩
压在肩上的
是孩子的学费和对温饱的期冀
潮起潮落
父亲的腰没有直起

今天

我们拖起这张网

走过这片沙滩

背在肩上的

是美丽的未来

面朝大海

我们一代接一代

守望

马帮的后代

林间那堆灰烬
足有千年经历
山谷里马和人的白骨
仍旧紧紧相依
茶驮子在一旁静静躺着
它说：
留下茶马古道一点记忆

山坡和江岸
是连片的寨子
清晨和傍晚
炊烟无序升起
吊脚楼里
围着一壶老茶
男人和女人把烟袋品在嘴里
东拉西扯
离不开马帮的话题

松软的愁

——达里雅布依人的生存

爷爷的老屋
已随沙丘吹走
现今的篱墙蒿蓬
是几代人的坚守
屋里屋外
还是松软的愁
一夜夜大风吹过
找不见昨日的路
一次次岁月轮回
绿荫累得一天天瘦

一片胡杨林里
种下几株大芸
太阳和月亮
从此牵动着妈妈的魂
收获的季节
顺着风去找寻

干渴中

与一片金黄共存

荒漠里

用生命伴着绿洲耕耘

一生的惦记

她从天外来
带着点点俗痕
怀着人间喜悦
给我一个呵护的神

她从对岸来
驾一叶轻舟
激一河浪花
给我生命的绿洲

她从神山来
捧一杯晶莹
披一身洁白
给我初心的虔诚

她生命里忘了自己
不知谁拨动心弦

让苦乐和她拴在一起

成为一生的惦记

地平线

留住记忆

走到人生尽头　挥别之际
想起了凤凰涅槃
听到了婴儿坠地
我只想留住
曾经的记忆
天地的馈赠
命运的贫瘠
怎能让时光带去

童年的记忆
是母亲怀抱的温热
散着甜甜的奶香
她一天天消瘦
养育我一天天成长
我眼睛里的第一个世界
是她满面的慈祥
我第一次走进学堂

她的泪水湿了我的脸庞

成年的记忆
是浸泡在忧愁里的岁月
装满了一家人的叹息
糠菜果腹的艰辛
压得父亲喘不过气
难避风雨的草屋
常有寒夜的哭泣
坎坎坷坷的挣扎
是几代人的经历

老去的记忆
是模糊的年轮
无奈光阴荏苒
最后一程留下
数不清的遗憾
恩未报
情未了
无奈咫尺间
两界的思念

彝寨乡愁

从爷爷的爷爷传下来
一支待燃的火把
一件“擦尔瓦”
月光树下
奶奶和妈妈讲着同一个故事
大山的影子里
新寨和老寨祭祀同一个神灵
祈祷和祝福
从怀抱的婴儿到清澈的山泉

从爷爷的爷爷传下来
一座“土掌屋”
一处火塘
每当夜晚
火塘边的话很长
因为篾索和木架上
散发着烤肉的芳香

等到启明星隐去
一家人酣睡在草席上

从爷爷的爷爷传下来
一座大山
两面斜坡
男人跟着太阳
在前坡种下苞谷
女人迎着风雨
到后坡打草放牧
客人来了
杀猪宰牛敬一碗坨坨肉

无　言

心灵的宁静
淹没了古刹钟声
无言的徘徊
伴着无言的风
老去的小径
承载着你的身影
一遍遍默诵经文
一遍遍回望人生

朝圣路上

昨天

你的指纹

在转经筒上成为光泽

今天

你用胸膛

一遍遍拥抱大地尘埃

明天

你的心灵

可否把那个神秘世界承载？

有梦无忧

魂　梦

天上的雷电
点燃了心灵的火
红尘的风雨
催开了魂的花朵
晨钟暮鼓声里
悟得人生苦乐
神秘的红袍
珍藏对梦的执着

第三辑　心灵一隅

心灵深处留有一隅，用于珍藏情感世界的纯真，保护无助的伤痛，存放无法看懂的人世。一隅虽小，容量无限，明亮而清净。

孤独和清静

一条不知尽头的山间小道
独自前行
相伴一片寂静

一只孤燕从长空飞过
就在头顶
落下一声哀鸣

天地造化的美丽
——孤独和清静
只属一个人的心灵

放　飞

谁从那边驰来
白云伴着
绿荫拥着
有燕子的声音飞过

是头一回的乘客
静静地张望
朗朗地笑
天使般兴奋飞上眉梢

放飞啦
追梦想
逐长空
未来又一道彩虹

我的春天

因为你是我的春天
所以总有鲜花绽放
但只有我
能看到万紫千红的光芒

因为你是我的春天
所以总有灿烂阳光
但只有我
能感受到真实的希望

因为你是我的春天
所以对未来充满理想
但只有我
能懂得你的力量

守着承诺

我喜欢沙漠
喜欢它孤独地活着
狂风吹过
它无怨无悔地承受寂寞
没有绿荫相拥
它一生选择赤裸
偶有驼队露营
它献出仅有的温热
千年万年
相伴着日出日落
从古到今
保持沉默
因为它要守着
对地球的承诺

远去了……

远去了
要远去的总归远去
但远去的不是全部
心灵有一生的守护

天上的云远去了
吹来的风远去了
梦也远去了
但那份思念
依然深情不移
因为她深藏在心里

大河的浪花远去了
漂在浪里的落花远去了
曾经的涛声远去了
但那个名字
依然记忆清晰

因为她深藏在心里

岁月远去了
童年远去了
有的人远去了
但那副笑容
依然美丽
因为她深藏在心里

为等待而死

是三门峡那片水域
应该迁徙的最后一只天鹅
在黎明前死去
平静安详,但泪还流着

它是为等待另一半而死
从开始迁徙的三月等到五月
最后是独自的守候
因为它相信它还活着

源自天地杀戮的一场灾祸
族群在黑夜里离散
栖息地残缺的集合
没有了它的另一半

随队伍迁徙是活下去的选择
但它决定继续等待

用生命控诉杀戮罪债

宣告为爱而死,值得

书签的故事

记云南红河州流传的一个爱情故事。

从雨中的红河走过
季节里的翠绿
有珍珠滴落
浓雾里
山在隐着
林在隐着
心底里
一种不舍在隐着

临安别离
有泪无言
竹的书签
从红袖飘落
带着墨香和温热　凝视间
眸子里透出来年的相约

冷香散尽

——纪念逝者

记忆里蜡梅绽放
微微的笑容
面对霜雪云翳
喧嚣声里
从容沉静
豁达和自信
在苦寒中峥嵘

今又蜡梅绽放
是冷香散尽的地方
大风的呜咽
伴着浅草枯杨
尘烟弥漫处
矮矮的坟茔
谢了一树金铃

一个灵魂

——撒哈拉的故事

一个灵魂
把黑夜惊醒
倔强的微笑
留在苦涩中
漂泊的生命
已经远行
循着叛逆的足迹
回望岁月的背影
一道道闪电
一声声雷鸣
那是午夜的祭奠
她把星光举过头顶

一个灵魂
期待在黎明
滚滚红尘
选择了真诚

荒漠的人生
吹过呜咽的大风
循着撒哈拉的光影
回望“异乡人”的星空
一次次生死较量
一阵阵天籁之声
那是午夜的祭奠
她把月亮举过头顶

一个灵魂呐喊
穿透长空
跋涉在夜色中
找不回渴望的光明
捧出一颗滚烫的心
企望暖醒冰冷的魂
循着死亡的踪迹
回望落日的长影
一串串泪珠一行行血印
那是午夜的祭奠
她把良心举过头顶

一个亡者

冬日的夜空
一颗星轻轻地坠落
穿过天街的人群
不见熟悉的面孔
昨日相约的地方
大剧院和太行峻岭
只有你的背影

冬日的夜空
一颗星轻轻地坠落
一道轨迹
吹着寒冷的风
闪烁的流光
是泪珠的晶莹
一滴滴伤痛

冬日的夜空

一颗星轻轻地坠落

消失在凄雨中

抚摸夜的冰冷

寻不见往日的身影

无缘临终送行

只有哀思遥遥一程

读《葬花吟》

风吹过花溅落
暗暗伤自多
可怜葬花人
流泪不能说

风吹过梦无着
醒来露珠破
人随绿荫去
到死没有说

风吹过苦求索
深宅世情恶
盛宴已散尽
后人慢慢说

追　思

我在和你说话
听到吗
黛眉山的夜晚
风雨交加

我把照片带来啦
看看吧
小山村的一个下午
你在屋檐下

那天黄河风浪很大
你说不怕
没有和大家告别
匆匆走啦

祭奠无声

这是冬日的祭奠
沿着冰冻的河
穿过无叶的林
在高山之顶
一座来过的峰
我想为你高歌
又怕惊扰冬的安静
太阳躲入山岚之后
默想一丝馨香的情
缺憾的叹息
有泪无声

这是冬日的祭奠
当我把眼睛紧闭
往事呼唤在心灵
空寂在身后
吹来寒冷的风

浅红的葡萄酒里
不见你的笑容
只剩下光影的舞动
哦,你已匆匆远行
枯草丛中久久伫立
我的祭奠仍然无声

落　叶

难舍春的眷恋
无奈秋的紧逼
带着梦幻
匆匆把一生走完
来不及叹息
已和亲人离散
大地的收容
是生命的礼赞
岁月轮回
无怨今生短暂

心灵深处的徘徊

心灵深处的徘徊
犹如写满字的纸页
重新一一展开
有的整齐清秀
有的歪歪斜斜
有的情怀坦然
有的苦涩难耐
每一页都是良知的拷问
让心灵从容辨别
每一行都有清晰记忆
让心灵咀嚼未来

旧台历

一本发黄的旧台历
年份已经失去
能看清月日的页面
所剩无几
但我不能丢弃

不要嘲笑我的珍藏
因为里面有两个日子的记忆
一个是你我相识的一页
上面有盟誓,可对天地
一个是分手离去的一页
上面有泪痕滴滴

没有了风的呼唤
可以听铃铛木的呼吸
太阳月亮过去了
明天还会再来

人生呢

没有重复只有记忆

不能忘却

没有怨,但心在疼着
不愿面对,但不能忘却
那个日子的十一月
黑色的风,黑色的雨
袭向没有绽放的花朵
鲜艳被揉碎
稚嫩被掳掠
一叶叶,一瓣瓣
无助地飘落

疼痛是挥不去的岁月
无奈在心灵里诉说
那个日子的十一月
不甘地逝去,不甘地走过
思念和忧愁一起飘着
飘过那山,飘过那河
飘向夜的荒漠

等待啊

等待生命另一端的相约

思　念

思念是爱的汁液
点点滴滴渗透在灵魂里
思念是情的窖藏
年年岁岁把力量蓄积

春日的思念是酿蜜的蜂
带浓浓的甜蜜给远方
让日子载起暖暖的风

夏日的思念是一叶葱绿
带一片浓荫给远方
让灵魂和清静在那里相遇

秋日的思念
是一朵小金菊
带一缕清香给远方
让心灵唱出新曲

冬日的思念

是飞舞的雪花

带一个美丽的梦给远方

让幸福有个快乐的家

心灵之光

证　明

一张白纸
几行短句走着
如幼童初步
蹒跚中求索
历经酷暑严寒
从黎明走到日落
汗水泪水
在字间闪烁
证明我没沉沦
因为灵魂活着

几行短句
咫尺天涯
支撑生命的挣扎
只要牵挂在心里
期盼就不是神话
短句也不会停下

顺境逆境
编出梦的快乐
证明我没沉沦
因为灵魂活着

我也有

别人有，我也有
只不过
我的爱情是一片坟地
一片应该祭奠的坟地
能为此做证
是夏夜的雨滴
仅有的祝福
是夜莺的喜泣

爱情也有故乡
只不过
是黑色的黏土地
能长出小麦玉米
也能粘掉行人的鞋底
原野上有零星的村舍
低矮的柴门里
是母亲期盼的叹息

黄昏的记忆

在亲手耕种过的土地上
夕阳从肩头滚落
把黄昏临近告诉了我

在村头小河岸边
寻找那片古老的白杨林
一双柔软的手
捧来一朵康乃馨

枯涸的西灌渠旁
绿荫遮不住老屋的简陋
一群青年流泪的晚上
一只手悄悄牵住了另一只手

那间摇摇欲坠的旧仓库
找不见当年的床铺
在这里二十天高烧不退

一只手不停地放在我的额头

一个扎小辫的少年
到跟前又转身离去
瞬间一笑
留下了一串记忆

假 如

假如我在春天死去
让我葬在落英之地
为花朵保守秘密
绽放时一声祝福
凋谢时轻轻叹息
她把一生献给大地
我的灵魂出席她的葬礼

假如我在夏天死去
让我葬在绿荫之旁
圆绿的梦想
那是童年的天堂
妈妈放心的地方
炎热时在那里喘息
疲惫时在那里恢复力量

假如我在秋天死去

让我和落叶一起埋葬
化为汁液
把大地滋养
身后蓦然大树参天
绿色的原野上
有我的热血流淌

假如我在冬天死去
让冰雪把我掩埋
享一片蓝天
守一处洁白
春天来时
土壤里我和她同在
由根茎流向叶脉

相　嘱

风雨过后
我选择离去
已见到
山岚堆满夕阳
岁月日渐瘦

你我种下的月季
虽见蕾满枝头
但我已无力呵护
突来的风会吹落
我的星斗

那枝叶　那花朵
就交给你啦
土壤里有你的汗水
花瓣上挂满你的泪花
等待吧

等待芳菲的春华

到那个日子
我守一片梦土
送你一片彩霞

生命记忆

在生命的记忆里
有童年的伙伴
池塘里嬉戏
林荫间捕蝉
一群光屁股的少年
曾经闯下大祸
摘果子弄丢了奶奶的竹篮
藏猫猫毁坏了爷爷的瓜田
受到最严的惩罚：
是一天的“饿饭”

在生命的记忆里
有路途的侣伴
不曾绿荫相依
但有搀扶的浪漫
心中是挥不去的牵挂
耳边有提醒的呼唤

千万里寻觅
万千苦无憾
终成为
诗和诗的依恋

在生命的记忆里
有走过的河流高山
遥望圣顶险峰
驶向大河彼岸
常遇不测风云
都是生死的检验
冷雨狂想湿透心灵
冷风妄图吹灭信念
九死一生的不变
终迎来光明一片

伤　痕

山上的树叶落了
枯黄里漫着凄凉
落在山坡的
和根作最后的依偎
吹下山坳的
加入大河的苍茫

金黄在天地间飞舞
飞舞里卷折了绿叶
带着母体的温热
飘向山冈的坟茔
星辰陨落的地方

天地转
日月替
季节的疏忽风的凛冽
留下冰冷的记忆
在大山的呜咽里

白发忆

枯叶飘落
雪花漫飞
无言的相约
匆匆擦肩去
虽不见街市灯影
但听到彼此呼吸

时光飞逝
霜雪染鬓
曾是春日同歌
忘却秋冬几多
今生难得白发聚
只求心相系

秋　问

秋天是梦
春夏是梦的记忆
寻得玉兰一树绿
找不见当初落英地
遥望好苑灯火处
楼阁泪千滴
春花秋月有终了
谁记得
无名湖畔琴声低

妄用人生写秋歌
坎坷成了唱不尽的曲
沙漠的干渴
在电话里传递
大河的心愿
化不出命运的云雨
丝竹断在睡梦里

谁料到

枯叶一声落满地

七　夕

静静地等待
等待七夕花开
百年一回
一年一刻
刚是布谷春啼
怎又秋虫悲来
花在叹息
鹊桥何在？

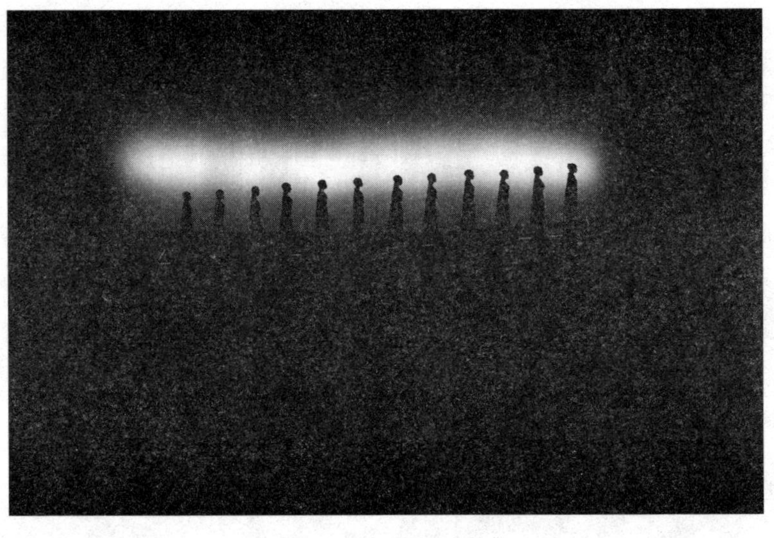

灵

梦一片红叶

东方未晓
西行追秋早
时紧催
人相约
光影情难了

情难了
事有料
梦一片红叶
寻几处斑斓
夙愿终难抛

命相依

一本无字的诗集
珍藏很久很久
读不懂也难舍弃

书页的气息
常飘在梦里
魂与魂在那里相聚

诗集悄然离去
醒来的梦
在自己的墓穴里

两地思

弯弯的月亮静静的夜
南方的云儿飘塞外
两地的星空
两地的期待

小小的包裹满满的爱
南方的风儿吹塞外
两地的星空
两地的无奈

遥遥的苍穹小小的寨
南方的心儿飞塞外
两地的星空
两地的凄哀

人两处

三十年风雨
三十年遥望
渺渺红尘音讯无
牵挂心无助

鬓染秋
烛成灰
岁月悠悠怎拦住
茅屋瓦舍人两处

命　运

最后一丝希望
被夜风带走
残茶凉透
池砚里贮满忧愁

逼近的寒冷
死神与灵魂相守
命运给予的
命运正在拿走

年少时

残阳瘦岸柳愁
湖边几度风雨骤
皆是泪长流

声悠悠情悠悠
苍茫无尽空余楼
年少寻却无

呼苍天问明月
天涯何处人长久
岁月心中留

秋

岁月过去太多太久
别离总在深秋
一层层霜叶
常被冷月带走
桂花树的一次次芬芳
成了回不去的相守
山和山的呼唤
屏和屏的系念
累积太多乡愁
又听长空雁鸣
日子平淡依旧

第四辑　圣洁心语

神圣和纯洁是内心深处的崇拜和向往,唯有灵魂的相拥方知心语,唯有良知相通方悟真意。

母亲河

奔腾地穿越
奔腾地走过
天际间一道金光
彩带般地飘绕
大地的一条血脉
千回百转从不失约
踏平一路坎坷
仍带着故乡的冰雪
深谷里咆哮怒吼
平川上曼语轻歌
万里不歇地求索
远古至今地执着

奔腾地穿越
奔腾地走过
青藏高原洁白的梦幻
化为无尽的甘露碧波

巴颜喀拉的美娘

带着真爱和慈祥

悲壮地创造一片片绿洲

苦难中把生命护呵

千万里不觉远

千万年哺育默默

血浆般地奔涌着

乳汁般地流淌着

……………

舞

神奇的土地

——塞罕坝

这是一块神奇的土地
霞光欢笑着飞奔
穿过草丛的缝隙
追着勒勒车的辙印
蒙古包头顶着几朵白云
扭动肥胖的身躯
绿的天鹅绒长出了喜讯
金色的琴弦
是踏着音符的羊群

这是一块神奇的土地
晨雾和晨风私奔
悄悄翻过山林
与舞伴在公主湖上摇滚
一片山丘亮出身姿
让曲线在呼吸中延伸
白桦林披着婚纱

一路追着心上人
羊群成了多余的陪衬

这是一块神奇的土地
金莲花和白云说话
阵风不停地打岔
让悄悄话变成细雨落下
敖包躲在月亮下
偷听情侣的表达
马背上的行囊发出声响
催生爱的新芽
羊群四周开满五彩的花

黄河柳

站在你面前
是心与心的对话
有白云飘过
也有风雨交加
岁月的相守
人已苍苍白发
生死相依
你有年轮增加

翻阅你的家史
是无私的潇洒
远古至今的堤岸相守
才有子孙今天的家
母亲河一声召唤
你把头颅随柳砧抛下
洪流低头去时
你已满身伤疤

祭奠你的地方
春雨飘飘洒洒
伟岸的身躯
又抽出了新枝嫩芽
纵然来年洪魔肆虐
后生一茬接一茬
——永远的黄河柳
——不屈的黄河人家

红河今昔

啊　我明白啦
这水为什么是红的
因为它从遥远来
满含了纤夫的泪
还有被卷入河底的船的魂
千年的流啊
那不是水
是船旅人的伤悲

啊　我明白啦
这水为什么是红的
因为它从爱的故乡来
满含了无数情侣的泪
还有为爱被沉入河底的魂
千年的流啊
那不是水
是爱的伤悲

啊　而今我看到啦
这水为什么是红的
因为走出了黑夜
冲破了愚昧的遮蔽
展示出了微笑和美丽
看吧
两岸鲜花铺满地
河面白帆点点正远去

走向太阳

——珠穆朗玛峰

从晨钟响起
到暮鼓落音
从记忆的童年
到雪染双鬓
你屹立在我心间
冰川和雪峰的相拥
传递环球冷暖
向往的梦幻里
仰望你手扶云天

从东海之滨到地球之巅
从苍茫大地到万里云端
难舍朝圣的思念
云雾和雪暴的震怒
成为一声声呼唤
一次次灵魂升华
贮满走向太阳的心愿

圣洁

牧　歌

——新疆那拉提

依偎在天山的怀抱
巩乃斯从身边流过
马群儿彩云般飘绕
羊群儿珍珠般散落
那拉提——
太阳升起的地方
这就是哈萨克的故乡

依偎在天山的怀抱
巩乃斯从身边流过
毡房里飘着奶茶和馕的芳香
草尖上跳荡着生活的理想
那拉提——
太阳升起的地方
这就是哈萨克的故乡

依偎在天山的怀抱

巩乃斯从身边流过

姑娘彩云一样

小伙儿勤劳善良

那拉提——

太阳升起的地方

这就是哈萨克的故乡

大漠魂

——胡杨林

从塔克拉玛干到巴丹吉林，
哪里有沙漠，
哪里就是你的故乡。
与大风搏斗，
与干渴抗争，
与噩运较量，
一代代改变苍凉。

从塔克拉玛干到巴丹吉林，
哪里有你的身影，
哪里就有绿荫屏障，
一千年不死，
一千年不倒，
一千年不朽，
挺立着刻满年轮的脊梁。

秋牧

殇

——额济纳的怪树林

干渴使它们再不会醒来
沙尘正在把尸骨掩埋
狂风在呜咽
大地在呐喊
人们啊
该怎么向它们祭拜

惨烈诉说悲哀
挣扎充满无奈
大漠在叹息
鸟儿正远去
人们啊
如何面对地球的未来

雪

伴着夜的静默　轻轻地
梦一样飘落
越过王母的池界
断了万千思念
还冬的心愿
应春的相约
又一次演义
那首圣洁的歌

伴着夜的静默　轻轻地
梦一样飘落
拽着风的衣角
扬起漫天花朵
亲吻高山河流
轻拂田园村舍
又一次演义
那首圣洁的歌

云海浪花

走近黄山最难忘
是那云海的浪花

朝霞里
少女般娇羞
娇羞里春红初露

晨风里
婴儿呼吸般轻柔
轻柔飘在妈妈的心头

群峰间
龙郎般曼舞
曼舞里一声声倾诉

梦相依

——西湖

淡淡的雾
蒙蒙的雨
轻纱般地飘着
飘着神话的秘密

丝丝的柳长长的堤
红袖挥动在烟雨里
烟雨里断桥几多梦相依

点点的渔火晶莹的露珠
一湖的朦胧
朦胧里装满春的愁

夏天的绿

夏日里
你的身影无处不在
光和热
铸就了你
云和雨
给了你新衣
紧跟着太阳
大地盛装成就了你

夏日里
你为收获劳作
聚光和热的汁液
孕育秋的丰硕
携天地之灵气
谱一曲新生的歌
紧跟着太阳
你为大地坚定地活着

呐喊

冬天的绿

晶莹莹蜡梅
郁葱葱青松
傲寒的兄妹
增添了冬日的生动

冰衣紧裹的浓绿
飞雪迎着的绽放
胎生的天性
久聚的力量
撑起了冬日的脊梁

畏惧者悄悄枝叶落尽
改变了颜色
投机者地下躲避
背叛了宣言
只有你坚持着冬的正义

候　鸟

千万次迁徙
千万里跋涉
从地球一端到大洋彼岸
碧波里寻觅
绿荫间生儿育女
蓝天常听你的哀鸣
大地留下你的身影

一次次生死别离
一代代生命延续
经受噩运洗礼
抗争天敌侵袭
经历往复轮回
四季相随
生生不息
感念天和地的永恒之力

山水记忆

高山

高山的胸怀怎样宽广？它用臂膀拥抱着大地海洋，河流从它心间流过……

高山的胸怀怎样丰富？春夏秋冬在这里轮回，万物生灵在这里栖息，万紫千红在这里竞艳……

高山的胸怀怎样坦荡？心向蓝天是它的真实，包容是它的本性，腐朽在这里化为神奇，清风伴着钟声，吹过无数的心灵。

河流

河流是大地的血脉，生命的源泉。从古到今，人类依河而居，依河繁衍生息。

河流记载着文明，传递着历史。只要河流不干涸，文明就不会中断，历史就会延续。

河流创造着美丽，表达着情感。或平静，或咆哮，或飞流直下，或缓缓东去，都是喜怒哀乐的曲线，更有割舍不了的情谊。

草原

她把绿茵铺满大地。从川西到青海，从天山到蒙古高原，在雪山与戈壁间连起生命的线。

她用乳汁养育人类。河流因她清澈，马头琴为她悠扬，游牧文明散发着她的乳香。

她以芳草亲吻蓝天。风吹草低见牛羊是她甜蜜的事业，白云小溪的追逐是她永久的思念。

大漠

在大自然的造化中，有一种作品叫“苍凉”，那就是无际的沙漠和沙漠的干渴。

在苍凉的世界里，传说着许多悲壮的故事，最动人的是胡杨与沙漠的抗争，千年不死，千年不倒，千年不朽。

在胡杨树站立的地方，有一道金色的风景线，那是胡杨的生命之光，是大漠的希望，更是永久的牵挂。

第五辑　艳香心生

花有绽放也有凋零，有欢乐也有忧伤。绽放美、凋零也美，欢乐美、忧伤也美，因为都是心生。

三月的风

——玉兰花(一)

三月的风
把你从冬季里唤醒
走出绒颖般的深闺
带着娇羞的深情
阳光雨露
鼓动你深藏的芳心
蜜蜂的忙碌
为你把心愿完成

三月的风
又让你一片片飘零
离开枝的怀抱
泪珠儿显得冰冷冰冷
阳光雨露
急匆匆催你走完一生
时光的忙碌
为的是来年新生

绒装初放

望　春

——玉兰花(二)

一任风寒苦作情
不屑人间诟与尘
三月燕子归来时
绒装枝头望新春

菊　香

笑在岁岁秋风里
常听身边叶落泣
寒霜凝香独悠然
舞时忘却群芳忌

一尘不染

菊　意

敞开的胸膛
似烈焰奔放
浪漫的畅想
是苦寒生成的芬芳
一曲冬的赞歌
带着秋的力量

菊　心

不与群芳争艳
何须春天开放
深爱秋的灿烂
装点秋的苍茫

泥香苦恋

自信性高洁
苦恋泥中香
碧叶涟漪间
绿水情意长
有茎挺且直
向天吐芬芳
冬来出水塘
更显风节亮

荷塘向晚

菡萏情

淡淡出深闺
亭亭水中立
绿波一点红
摇曳情依依

月光有声

淡淡月光霜一层
萋萋荷叶欲听风
光影不厌夜幕重
花蕊正香蛙正鸣

牡丹怨

娇艳惹人醉
雍容太匆匆
宫中称华贵
歌者寄真情
乾坤千百转
命运谁人定
若要长久时
生根山野中

牡丹泪

最遥远
也许是女皇的喜恋
千余年
颂词飘在深宅宫苑
小曲几多
不知为谁欢歌
文者弄墨
“甲天下”几人述说
一生蹉跎
几分沉醉
几分苦乐

最后致意

花　语

花开有语，那是天性的流淌。无论在山川草原，还是在溪畔荷塘，她用鲜艳和妩媚诉说，从诉说里人们感悟大自然的神奇，追寻美丽和善良，向往纯洁和高尚。

花香有意，那是爱的深情。伴着阳光，迎着风雨，不屑身边的嫉妒和私语，把苦寒默默承受，让芳香飘满人间，心房里酿造甜蜜，用甜蜜养育生命。

花落有声，那是最后的低吟。她向蓝天低吟，带着飘落的平静和无憾；她向泥土低吟，表达回归怀抱的感恩与满足；她向万物生灵低吟，祝福生命的轮回与传承。

小 传

岁月匆匆农桑始，六十轻度往事疏。难忘柴院炊烟泪，儿时几经无书读。茫然从戎秋雨里，他乡习墨一德府。半生甘苦品无思，唯求一隅叶落处。

图书在版编目(CIP)数据

自言自语/刘其文著. —郑州:河南文艺出版社,
2019.1(2020.10 重印)

ISBN 978-7-5559-0801-2

Ⅰ.①自… Ⅱ.①刘… Ⅲ.①诗集-中国-当代
Ⅳ.①I227

中国版本图书馆 CIP 数据核字(2019)第 012678 号

出版发行 河南文艺出版社
本社地址 郑州市郑东新区祥盛街 27 号 C 座 5 楼
邮政编码 450018
承印单位 永清县晔盛亚胶印有限公司
经销单位 新华书店
纸张规格 890 毫米×1240 毫米 1/32
印 张 6.75
字 数 106 000
版 次 2019 年 1 月第 1 版
印 次 2020 年 10 月第 2 次印刷
定 价 35.00 元

印厂地址 永清县工业园区大良村西部
邮政编码 065600 电话 0316-6658662 6658663